時の錘り。

須永紀子

思潮社

目次

＊

組版・装幀＝二月空

時の錘り。

きみの島に川が流れ

レビヤタン*に追われたきみが
神話をくぐって帰還する島
平坦に過ぎる丘と疎林があり
以前は友人もいたが
長い無音が新しい川を呼びこむと
簡易ボートで向こうへ渡ってしまった
「じゃあ、またね

実のないことばがパラパラと足もとに落ちてくる
鳥たちがそれをついばむ
赤くて美味しそうだが
「aui　aui
吐きだし蹴ちらす

ひとが消えても
川は川としてあり、島全体が湿って
街角に貼られたポスターの切れ端のようだ
何度も上映された古い映画の
クレジットの下方に書かれた名前
「そんなひともいたね

ようやく思いだされるタイプの、きみは一人で
ひそかに望んでいることがふるまいにあらわれる
暗幕と暗闇を好み、多くのものを遠ざけ
未来もまたそのようにあると思われた

けれど明日
レビヤタンに追われたきみは
鳥を友に、ボートに揺られて
向こう岸へ行くこともできる

*『ヨブ記』41章

リリト　I

ハイエナはジャッカルに会い
山羊の魔神はその友を呼び
夜の魔女はそこで休息し
自分の憩う場を見つける。　――イザヤ書34章14節

＊

黒ずんだPタイルの床、　厚塗りされた壁はもはや白ではなく

目を覚ます度に気が滅入った
寝台は堀にかこまれた牙城
思いのほか水は深く、身ひとつで降りる勇気もない
薄切れたシーツの牢にわたしは囚われている

書物や音楽を所望する手立てがない
できるのは記憶をととのえること
砂利のなかから由緒正しいものを拾っていく
わたしが為した褒められない行為、悪意のことばを切りとる
叶うなら見苦しくない履歴を

水路は日ごとに幅をひろげ増水して
早くおいでとわたしを呼ぶ
決心ひとつだと

＊

古い服が浮遊している
粗悪な布の薄汚れた、皺だらけで破れ目のある服
かつて娘の着ていたものが
木の葉のように渦まく
ひどい目にあわせたのがわたしではないとよいのだが
曖昧で不利な記憶は消去され
よき母であったと思えてくる
そうではなかったかと自問する声が漏れでて

灰色の服が怒りをあらわに飛んできた
はためく裾と袖
眼前をかすめる布をぼんやりと見つめ
いつかは落ちるにしても、もう少しだけと祈った

＊

閉鎖された駅舎、放置された枕木
廃線の町に魁偉なヒトガタがあらわれる
汚れた灰色の服、リリト
駅舎を破壊し枕木を踏みつぶし
憤怒にまみれて空き家をさがす

町外れの廃屋に住みつき、立ちはたらく姿が目撃されている
汚れた灰色の服、リリト
火花散るホウキを隠しもち、怖れられたこともあった
いまわたしは娘たちの帰還を待っている
火花のホウキで三和土を掃ききよめ
どのような顔をして迎えたらいいのか
揺れる心を立たせるが
彼女らの網膜には抽象的な像が映るだろう
埋もれた目鼻、ベーコンの絵のように
もはや顔ではないものも
着衣によってヒトとわかる

リリト Ⅱ

消音の時計がふるえ
疎林の鳥、駅へ急ぐ靴音
切れぎれの再生に喚びだされる
この薄弱な朝
闇のなかでは物が色を失うように
陽光が音を封じて
地上はまぶしく沈黙している

無人の商店街に落ちる影から立ちあがったヒトガタが
土塵を振りおとして早足で消えた路地の先に濃緑の
沃野が広がり世界が再びはじまるのだとわかった
わたしのものではないLの名で呼ばれたとき野は端から
燃えはじめ一対の生きものの逃げ惑う足音と鳴き声
髪は逆立ち灰まみれのころも発火する指先わたしは
Lに成りかわり土塵の男を残して紅い海をひとこえる

越境は重い罪であったので母語を深く隠しもち聴く者になった
裏町にも薄日は差して弱い影から次々と立ちあがった不定形の子らは

ことばを覚えずてんでんに飛んでいった空を見あげてざわついた心は
落ちつくことなく無為の日々を食み咀嚼し滓も残らない

地上はまぶしく沈黙している
沃野と土塵の男、野の燃える音と声を想う
Lとわたしを呼ぶ声
世界のはじまりの入り口で

紅い海をひとこえ
もどってゆく極東の午後
消音の時計がカチリと鳴り

陽光が音を解きはなち
まばらな靴音、にぎやかな疎林に
この春はじめてやってきた鳥の声を聴いた

バルバロイ

ギュイィーと鳴く
木立ちのあいだに消えた鳥を追って
やぶをかきわける
カサカサと鳴るのはわたしが草を踏む音か
鳥の移動によるものか
どちらにしても
世界は鳥の気配に満ちていて

この星が鳥のためにあることに
わたしたちはまだ気づいていない

眠らない橋をわたって褐色の夜に入っていく
異国の街では絶えず大量の音が降り
移動する身体を打った
音はことばだった
答えをもとめられるとき
口から出るのはさえずり以下の片言で
わたしは〈トリ〉と呼ばれた
種類でも名前でもなく
木はすべて「tree」であり

よくわからないことばをしゃべる者は
〈トリ〉なのだ

弟は鳥だった
呼吸が止まって
布張りのケースにしまわれた楽器のように
闇のなかで横たわる日月
頼りない羽毛が生え、ひと冬かけて全身を埋めた
大きな手が蓋をひらき
鳥の姿になった弟は
大きな指が示す方向へ飛んでいった

〈アイランド〉のある半島
魂を宿した鳥たちが仕事を求めてやってくる町
見世物と料理が供される楽園
けれど一度訪れたひとが再びやってくることはなかった
鳥たちは防風林にひそみ
人目を避けて暮らした
弟の消息は知れない

ギュイィー
イ音と消えた尾を追って
木立ちに分けいる朝には

その先に海がひらけていて
海岸線の向こうから
バルバルと鳴く鳥が
現れるかもしれないと思うことがある

ガーゴイル

窓いっぱいに広がる雑木の
sy とも動かない朝があり
ピシピシとガラスを打つ日がある
夕刻には揺れくるう枝が
ちからとはちがうもので
わたしの無意識をかきまわした

廃家、押入れ、沼泥
(わたしの寝床
空腹、暗闇、忘れられること
(怖れたもの
記憶が水音を立てる
わたしは空の器であるらしい
器だと思った瞬間
指先から閃光が走り
地割れの速さで石化して
猫背の像になった
口から液体があふれて止まらない
古い感情が吐きだされているのだ

カルデラに古い水が流れこんで
感情のみずうみが生まれているが
わたしは小鬼の姿で台座にあり
風が止むまで
解けない呪いだとわかっている

春の歩行

三月の石をさがす
河原は灰色の点描
岩であったものが角をなくして
よく似た相で転がるなか
とらわれたひとを救うための難題のように
発熱するひとつを持ちかえると決めた

二月の花は摘まない
ナズナやノゲシは小さいまま咲かせておく
わずかであっても
もどる気持ちはすべてを
元に返してしまうから

ツッピィー
聞きなれた声のイ音が長くのびて
留鳥だとわかる
木立ちにまぎれて
鳥はひとの目にとまらない生きもの

逝ったひとの魂をのどに隠している
声に混じる何かが
わたしの深くを打ったとしても
遠ざかるイ音は追わない
「一歩も後に帰る心なし」
芭蕉は言った

四月の穀雨、五月の風
今はただ薄色の河原を
三月の石をさがして歩く

十一月

九月は鳥の月
図版の、剝製の、写真の
鳥たちが上空に集合し
地上は夜明け前の暗さだ
移動する鳥の間から
木漏れ日のように降る一すじの光線が
わたしたちに残りの日々を知らせる

十月は虫の月
図版の、採集箱の、写真の
虫たちが地を埋めて行進する
望んだわけでもないのに
這うものの姿をして
わたしはそのなかに混じっている
ひときわどぎつい黄緑色のからだ
一羽の鳥が急降下してくる
足を持たないわたしは観念する
衝撃、そして暗転

十一月はヒトの月
かつては鳥であり虫であったが
今わたしは地に落とされたものを拾う
漿果や木の実、文字と慈悲
もうどんなものにも変わらない
生きたものを喰らわない
紙のうえに黒い涙を流す

フラットボートで

木立ちの奥から半壊の舟があらわれる
ミシシッピを渡るイカダに似た簡素な体が
途切れた川の跡に草波を立てて進む

わたしは甲板に転がる荷物
巻き貝の速度で流れを下っている

何のちからも借りない、目的地まで落ちていくだけの
舟は片道の乗りもの

岸に着いたら解体され雨晒しになり
わたしはそれで小屋を建てるだろう
柱を立て木材を組み
鳥が巣をつくるやり方で
泥と枯れ草を混ぜあわせる

残りの木切れで火を熾し
夜に夜を継ぐと

小屋は呼吸をはじめる
ととのった〈家〉でわたしは記すだろう
平底舟について、小屋のつくり方、日誌
それでもまだ時間は手つかずのまま積まれているから
ほんとうのことを織りこんだ
終わりのない物語を書くこともできる

行けば行ききり
たどりついた岸が
わたしの果てる場所

緑の靴

アビヴの月を二巡りして
古靴は破れさけた
早すぎる帰郷の理由にはならないが
はだしの足は憶えのある土を踏みたがった

名前のない水流

盛大に鳴るハコヤナギ
もどってきたわたしのかかとに
藻が付着し広がり
足を包みこむ

藻の靴にはこぼれた再会と和解
その先の日々に囚われる
鳥の心
かがみこむ母の背中に近づき
「ただいま
呼びかけようとしても声が出ない
這いあがってきた藻が繁殖し

口から漏れるのは息だけ

この世の咎を摘むように
一心に草を抜くひとの傍らに立ちつくす
わたしはもっとも厄介な草
無防備な耳に入り
ことばではないもので語りかける
遠い夏の、はじけるホウセンカの種
サルビアの蜜、容赦のない夕立ち
そのひとはあたりを見まわすが

わたしは川への径を急いでいる
藻の靴は時を待たない
川に属する者に帰還をうながす
夜が近づく

塀のある家

四つ折りの新聞は一面が大きく破れ
負傷者のようだ
入り口のせまい鉄製のポストは
ぶあつい紙束の通過をゆるさない
ブロック塀との継ぎ目に弱点があって
異物は世界とその方向を変えてしまう
善きものは訪れない

庭は影に支配され
〈発芽〉も〈収穫〉も実のないことば
カシの木が抜かれた跡は思いのほか深く
闇の穴に見透かされているようで
「……を亡きものにする
よこしまな考えを急いで打ちけす
ことばを尽くしてなかったことにした

濡れたはがきの読まれなかった文字が
履歴にレ点をつける
不愉快な夢に呼ばれ、もどってゆく
影だけが繁茂する庭

埋められないまま穴はそこにあり
ポストから紙束を引きぬくと塀が崩れはじめる
ガラガラと渦まき、吸いこまれて
あとかたもない

少し大きくなった穴を身のうちに抱えて
苦役の重さがわたしの歩行に加わる

*

映画館にて

一九五八年の西ベルリン
キャストはおろしたての服を着て
古い感情を演じている
清潔な埃をふりかけたアパート
キッチンにはホーローの浴槽があり
誰も言わないが
大きなまちがいだと思う

手に負えない苛立ちをなだめながら
わたしはフォービズム的色彩の街を歩いている
慰問箱から出てきた外套
すぐにでも捨ててしまいたい厚い布を
次の冬もわたしは引きずっているだろう

看板のない四角い建物
扉を開くと白い映写幕が波うち
ノイズののった映像に
石化する観客たち

深夜の校庭に多くの男女が並んで
ドキュメンタリー映画だとわかる
何かの前夜だろうか
その後に起こることを見たくない
この国のことばを知らないわたしは
目をつぶっていればよいのだった

座席に沈みこんで
冒頭シーンを再現する
薄切れたカーテンの向こう
浴槽の縁に片足をかけて
ハンナがゆっくり靴下をはいている＊

＊『愛を読むひと』

美術館にて

炭化した本の
めくれあがった黒いページ
鉛で作られたアンゼルム・キーファーのオブジェを
〈集合的〉な記憶として眺める

かつて紙だったものから目を逸らしても

焼ける家や村の情景に激しく背中を冷やされ
真っ直ぐに立っていられない
半ば燃えた本のどこかに
残された色を見つけることができるのは
この本の価値を知っているのは自分だけだと
わたし（たち）は思う

焦げた本が天井に上り
鴉の姿で急降下し
目の高さで止まる
恐怖が手足を凍らせる
絶対に、と思う

「絶対に、
次につづくことばをさがして
入っていく夜には
鴉が待ちかまえていて
本のように落ちてくることもある

中庭へ

心はせまい径を行きたがり
身体は未知を怖れる
中庭への通路は薄闇のなか
距離をはかることはできないが
道なりに進めば辿りつくはずだった

踏みだした足が土中にめりこみ
なかなか上がってこない
象のように沈んでいく身体
〈重い〉感覚が思考を中断させ
脳に侵入する
〈重い〉苦痛が脳を占拠して
神経系を分断する
ここで埋もれるわけにはいかない
思考を取りもどし重力を払いおとして
通路を抜けるのだ

考えること
たとえば中庭について
ヤシの木に囲われたコロニアル風の空間
噴水をのせた水盤があり
水草の下、魚が見えかくれしている
魚は詩のモチーフ
掬いあげ、濡れた手で筆記する
黄色い魚は〈孤独〉
半生を通じて傍らにあったものだが
煩悶しているあいだに手は乾き
書きかけた詩は薄れていく

光る魚は〈希望〉
語るべきことのひとつも思いうかばず
苦吟しているうちに
鱗がぱらぱらと剝がれおち
輝きを失う魚、消えるモチーフ
濡れ手を持てあまして
空中に文字を書くと
「う」から水滴が垂れ
水盤に戻っていった

停滞に差す光をもとめて
思考を続ける苦行

通路はそのためにあり
木炭色の闇が深々と呼吸している

＊矢野静明さんの絵「中庭への通路」（二〇〇〇年）より着想を得ました。

伝説

砂漠はどこかに井戸をかくしていると
星から来た小さなひとは言ったが
遠くアタカマ砂漠には
たましいが埋められている
道辺でこときれた命や狂った時代に消された夢
砂が時の死骸であるとしたら
ここは名もない者と時の墓場

鈴がゆれる
死のイメージを追いかける男が描いた
生まれた日の星図
散らばる鈴、流れていく一日
その映像をわたしたちは見る

たましいをしずめる音に
記憶とは何かと問いかけられる
縁に立つわたしたちがどのように答えようと
近くて遠いところをめぐるだけだ

鈴が錆びおちても
たましいは鳴りつづけ
身の内に伝説が坐してしまう

＊「クリスチャン・ボルタンスキー　アニミタス――さざめく亡霊たち展」
二〇一六年、東京都庭園美術館

霧の本

すこやかな本が出はらって
まばらに明るい書架
貸出を待つ書物の
活字が持ち場をはなれ、浮遊し
館内に立ちこめる

糸のない綴じの詩集
そこからも逃げた活字があり
「　一つで　　したことのない人間などいるだろうか」*
わたしは最初のページに足止めされ
一行の完成を課される
「過ち　一つで　敗北　したことのない人間などいるだろうか
「まなざし　一つで　破滅　したことのない人間などいるだろうか

詩から遠く、通俗的に過ぎ
あてはまるのは別のことば
もっと熱い文字

手にしているのにここにはない
おそらく遠い街で誰かに読まれている
その喉を塞ぎ打ちのめし
揚々と帰還して
わたしの息を止めにくる

＊「言葉一つで窒息したことのない人間などいるだろうか」
マイケル・パーマー「手紙二」（『粒子の薔薇』山内功一郎訳、思潮社）より

第七病棟

電車が走行する音
水の細く流れる音が聴こえ
地の果てではないとわかる
灰色の壁と天井だけの部屋
もはや白いとはいえない着衣
朝の飲みもの、午睡の夢、スクワットの数
細々と記したノートにもう余白はない

ゴッホの絵のようなベッドと椅子
ここは黄色い家なのか
だとしたら、もうじき友人がやってくる
ひとしきり旅の話を聞いたあと夏の計画を立てる
この小さな部屋を拠点にして
コロニーをつくるのだ
「ようこそ友よ、
とわたしは彼を迎える
「今はまだ二人だが、いずれみんなもやってくるだろう
友人は青ざめ後ずさりしドアの向こうに消えてしまう
それでもなお、わたしは続ける

「きみのために整えておいた
小さいが、くつろげる部屋だよ
さあ、荷物を解いて、その椅子にすわって

高窓から差す白い光、現れない友人
埋めつくしたノート
光を塗りつぶし時をやりすごし記すことをあきらめた
この静寂、この無為
沈黙と空間を埋めるために
わたしは話しつづける

狐穴＊

間道に穴を掘った
指はそのためにあり、木切れは足もとに落ちていた
金魚一匹分の、小鳥一羽分の、ヒト一人分の深さまで

無意識の波立ちがひふを渡ったら

今がそのときだ
底に降りてスイッチを切り
起こしてはならぬと見えないものに言いおき
壊れたヒトガタになる

抜かれていく
感情とか感受したこと
水面のように静まり
空腹の波が広がり
時間が来たとわかる

地上に這いでて
指と木切れで
ヒト一人分の、小鳥一羽分の、金魚一匹分の
穴をなかったものにした

＊鈴木大拙『東洋的な見方』

角筈《つのはず》

鹿耳の男を見かけたら
そこは角筈
ビル中の天然温泉、神社もいくつか
水上を走る道路と大ガード

バラック街から逸らした目が
ヤマクジラの絵看板にくぎ付けになっても
横丁には入ってゆけない
ロータリーに生えた換気口
病衣のひとがアコーディオンを鳴らす
師走のデパート前を
八歳のわたしが通りすぎた

遠いのか近いのか
昭和三十年代も暮れ方の
新しい宿場は背が低い

鹿耳の男を見かけたら
そこは角筈
五十年を巻きもどし
淀橋、十二社《じゅうにそう》、新宿追分

試みの岸

アカシデの木の下、夜の草を踏んで
影がわたしを追いぬいたとき
生きものの荒い呼吸を聴いた

玄関ドアをひらくと同時に
内側に消えた毛深い足
侵入と潜伏

室内はみずうみのように静かで
小石を投げれば細波は水面を渡り
わたしは部屋ごと運びさられる
長い旅になるだろう
その前に残り物を片づけようと
二つの皿に分け
一つをテーブルの端に置く
「試しているわけではないよ
姿を見せない生きものに言う

〈試す〉ということばに揺さぶられる
〈試す〉は挑発、不遜なふるまい
試すことで失った多くのもの
友人、信頼、無邪気さ、愛
すなわち〈善きもの〉は岸辺に打ちあげられ
波間に浮かぶわたしを無表情にながめている

夜が底に落ちる
恐怖よりも重い眠気がおとずれて
静まっていく
毛深い足の呼吸

広野

漂白色の壁、寒々しい光
それが視界に入るもののすべて
石化した身体の
まぶたの裏に生まれたての広野が映る
わたしがこれから拓く地だ
森や灯台、牧場と桟橋を
種から育て一生を終える
めまいの先にある未来

あるいは
野を足あとで埋めつくす
地平線の終わるところ
見憶えのあるドアがひらき
白い部屋にもどることができる
何も持たず何も考えることなく
ただ歩くこと
点を打ちつづける
長く遠いゲーム

まだ骨組みの弱い広野で
空の落下がはじまる
迫りくる曇天
やみくもに宙を引っかくが
恩寵のような重力が
空と地を一本の線にして
暗転

漂白色の壁、冷たい光
石化した身体の
まぶたの裏は新しい広野だ
これから生まれて拓いてゆく

〈目覚めよ〉と声がする

須永紀子

一九五六年、東京都渋谷区生まれ。

詩集
『わたしにできること』（一九九八年、ミッドナイト・プレス）
『至上の愛』（二〇〇二年、ミッドナイト・プレス）
『中空前夜』（二〇〇六年、書肆山田）
『空の庭、時の径』（二〇一〇年、書肆山田）第二十六回詩歌文学館賞
『森の明るみ』（二〇一四年、思潮社）

個人誌「雨期」を編集発行。現在七十六号。

時《とき》の錘《おも》り。

著者　須永紀子《すながのりこ》
発行者　小田久郎
発行所　株式会社 思潮社
一六二－〇八四二 東京都新宿区市谷砂土原町三－十五
電話 〇三－五八〇五－七五〇一（営業）
〇三－三二六七－八一四一（編集）
印刷・製本　創栄図書印刷株式会社
発行日　二〇二一年五月三十一日　初版第一刷　二〇二二年三月三日　第二刷